3 4028 08510 8133
HARRIS COUNTY PUBLIC LIBRARY

WITHDRAWN

D1415903

JPIC Sp Potter
Potter, Beatrix
El cuento clsico de
Pedrito, el conejo
travieso, y otros
$19.95
ocn861541385
11/11/2014

— EL CUENTO CLÁSICO DE —

PEDRITO, EL CONEJO TRAVIESO

Y otros entrañables relatos

por Beatrix Potter ✱ Ilustrado por Charles Santore

Traducción de Vicente Echerri

Kennebunkport, Maine

Índice

EL CUENTO DE

PEDRITO EL CONEJO TRAVIESO

HABÍA UNA VEZ cuatro conejitos, que se llamaban Pelusa, Pitusa, Colita de Algodón y Pedrito.

Vivían con su madre en un banco de arena debajo de las raíces de un gigantesco abeto.

Una mañana su madre les dijo:

—Hijitos queridos, pueden salir al campo o a corretear por el camino, pero no vayan a entrar en la huerta de Don Gregorio: vuestro padre sufrió allí un accidente y Doña Gregorio lo sirvió en un pastel. Váyanse ahora y no hagan travesuras, que tengo que salir.

Mamá Coneja tomó una cesta y su sombrilla y salió por el bosque rumbo a la panadería, donde compró una hogaza de pan negro y cinco panecillos de pasas.

Pelusa, Pitusa y Colita de Algodón, que eran unas conejitas muy buenas, se fueron por el camino a recoger moras.

Pero Pedrito, que era muy testarudo, se fue derechito a la huerta de Don Gregorio y, estirándose mucho…¡se coló por debajo de la verja!

Primero se comió algunas lechugas y algunas judías
verdes, y después se zampó algunos rábanos.

Y luego, sintiéndose mal del estómago,
fue en busca de unas ramitas de
perejil.

Pero, al doblar por la esquina
de un invernadero, ¡con quién
se vino a tropezar si no con el

mismísimo Don Gregorio!

Don Gregorio estaba
arrodillado plantando
unos retoños de coles,
pero se levantó de un
salto en persecución de
Pedrito, con un rastrillo
en alto, al tiempo que
gritaba:

—¡Párate, ladrón!

Pedrito, muerto de miedo,
se puso a correr por toda la

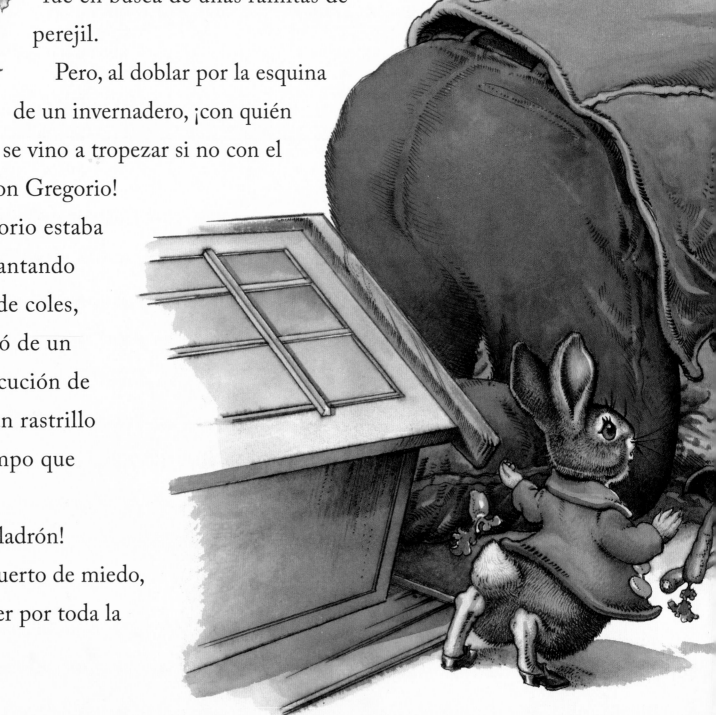

huerta, porque había olvidado el camino de regreso a la verja.

Así perdió uno de sus zapatos entre las coles, y el otro en un cantero de papas.

Al encontrarse sin zapatos, corrió en cuatro patas y corrió cada vez más aprisa, tanto así que yo creo que hubiera conseguido escaparse si, lamentablemente, no llega a tropezar con la red que cubría una mata de grosellas, en la que se quedó enganchado de uno de los grandes botones de su chaqueta. Se trataba de una chaqueta azul con botones dorados, bastante nueva.

Pedrito se dio por perdido, y empezó a llorar; pero algunos gorriones amigos oyeron sus sollozos y se le acercaron volando con gran agitación, y le suplicaron que pusiera todo su empeño en zafarse.

Don Gregorio ya se le encimaba con una criba con la que intentaba capturarlo; pero Pedrito logró escaparse en el último instante, dejando la chaqueta en su huida. Y a toda prisa se metió en la caseta de las herramientas y, de un salto, se escondió en una regadera. Habría sido un escondite perfecto, si no hubiera estado tan lleno de agua.

Don Gregorio estaba seguro de que Pedrito estaba escondido en algún lugar de la caseta de herramientas, tal vez agazapado detrás de una maceta, y así fue que comenzó a levantarlas y a examinarlas una por una con cuidado.

En ese momento, Pedrito estornudó: —-¡a… a… achís! Y Don Gregorio se le abalanzó sin perder un momento.

Y estaba a punto de ponerle un pie encima, cuando Pedrito saltó por una ventana derribando tres tiestos. La ventana era demasiado estrecha para Don Gregorio que, cansado de perseguir a Pedrito, regresó a su trabajo.

Pedrito se sentó a descansar: estaba sin aliento y temblaba de miedo, y no tenía la menor idea del camino a seguir. Además, estaba empapado por haberse metido en esa regadera.

Al cabo de un rato, comenzó a merodear por los alrededores, con pasos muy discretos —tip, tip, tip— no muy de prisa, y mirando para todas partes.

Encontró una puerta en la tapia, pero estaba cerrada y no había espacio para que un conejito gordo como él pasara por debajo.

Un viejo ratón cruzaba corriendo, una y otra vez, el umbral de piedra para llevarles guisantes y judías a su familia que vivía en el bosque. Pedrito le preguntó por el camino que conduce a la verja, pero el ratón tenía en la boca un guisante tan grande que no le pudo responder, y se limitó a hacerle un gesto con la cabeza.

Pedrito se echó a llorar.

Luego intentó encontrar su camino a través de la huerta, pero cada vez se sentía más confundido. No tardó en llegar al estanque en el que Don Gregorio solía llenar sus regaderas y en el que una gata blanca miraba fijamente a algunos peces de colores. Estaba sentada sin moverse, pero de vez en cuando la cola se le agitaba como si tuviera vida propia. Pedrito pensó que era mejor seguir de largo sin dirigirse a ella: él sabía algo de gatos por los cuentos de su primito Benjamín.

Se dirigió de vuelta a la caseta de herramientas y, de repente, bastante cerca de él, escuchó el ruido de un azadón —chac, chac, chac. Pedrito se escabulló debajo de los arbustos. Pero, al ver que no pasaba nada, salió de su escondite y se subió en una carretilla para echar un vistazo. Lo primero que vio fue a Don Gregorio escardando cebollas. Estaba de espaldas a Pedrito, y ¡más allá de él se encontraba la verja!

Pedrito se bajó de la carretilla sin hacer ningún ruido y comenzó a correr a toda velocidad a lo largo de una senda que se extendía detrás de algunas matas de grosellas negras.

Don Gregorio se percató de su presencia cuando Pedrito llegaba a la esquina, pero para el conejo ya eso carecía de importancia. Se deslizó por debajo de la verja y se

vio sano y salvo al fin en el bosque que se encontraba afuera.

Don Gregorio recogió la chaquetilla y los zapatos para hacer un espantapájaros que asustara a los mirlos.

Pedrito no paró de correr ni se detuvo a mirar hacia atrás hasta llegar a su casa en el enorme abeto.

Estaba tan cansado que cayó rendido sobre la blanda arena del piso de la madriguera y allí se quedó con los ojos cerrados. Su madre estaba atareada cocinando y, al verlo llegar, se preguntó que había hecho con la ropa. ¡Era la segunda chaquetilla y el segundo par de zapatos que Pedrito había perdido en la ultima quincena!

Lamento decir que Pedrito no se sintió muy bien aquella noche. Su madre lo acostó, preparó una taza de té de manzanilla ¡y le administró una dosis.

—Una cucharada a la hora de dormir, como lo manda el médico.

En cambio, sus hermanas, Pelusa, Pitusa y Colita de Algodón, disfrutaron de una espléndida cena con leche, pan y moras.

JEREMÍAS PESCADOR

PARA STEPHANIE ✳ DE LA PRIMA B.

HABÍA UNA VEZ una sapito llamado Jeremías Pescador que vivía en una casita húmeda entre las hierbas al borde de un estanque.

El agua estaba toda revuelta y resbalosa en la despensa y en el canal posterior de su vivienda; pero a Jeremías le gustaba mantener los pies húmedos: ¡nadie jamás lo regañaba y nunca se resfriaba!

Se sentía lo bastante feliz cuando miró hacia fuera y vio grandes gotas de lluvia que salpicaban en el estanque.

—Buscaré algunas lombrices y saldré a pescar y tendré un plato de foxinos para mi cena —se dijo el Sr. Pescador—. Si pesco más de cinco, invitaré a mis amigos, el concejal Ptolomeo Tortuga y al caballero Isaac Newton, aunque el concejal sea vegetariano.

Jeremías se puso su impermeable y un par de sobrebotas relucientes, tomó su caña y su cesta y salió a grandes saltos hacia el lugar donde tenía su bote.

El bote era redondo y verde, muy parecido a las otras hojas de nenúfares y lo tenía amarrado a una planta acuática en medio del estanque.

Jeremías empuñó un tronquito de bambú y empujó el bote hasta el agua abierta.

—Conozco un buen lugar donde encontrar foxinos —se dijo el Sr. Pescador.

Jeremías enterró su tronquito en el lodo y amarró en él su bote.

Luego se acomodó, cruzó las piernas y arregló sus avíos de pesca. Tenía una primorosa boya roja. Su vara de pescar era un rudimentario tallo de hierba, y su cordel, una larga y fina crin de caballo blanco al extremo del cual enganchó una lombricilla que se retorcía.

La lluvia le golpeaba la espalda y por casi una hora él se mantuvo a flote.

—Esto me está cansando. Creo que debería almorzar algo —se dijo el Sr. Pescador.

Se dirigió de nuevo a las plantas acuáticas y sacó algo de almuerzo de su cesta.

—Me comeré un emparedado de mariposa y esperaré a que escampe —decidió Jeremías.

Una enorme chinche de agua se acercó por debajo de la hoja de nenúfar y le pellizcó una de las sobrebotas.

Jeremías alzó las piernas y las puso fuera de su alcance y siguió degustando su emparedado.

Una o dos veces algo se movió en torno suyo con un crujido y un chapoteo entre los juncos al borde del estanque.

—Espero que no sea una rata —se dijo Jeremías—. Creo que es mejor que me vaya de aquí.

Empujó el botecito nuevamente y lanzó la carnada, que la mordieron casi de inmediato. ¡El corcho se sumergió violentamente!

—¡Un foxino! ¡un foxino! ¡Lo tengo agarrado por la nariz! Exclamó Jeremías levantando la vara.

Pero, ¡que horrible sorpresa! En lugar del suave y gordito foxino,

¡Jeremías sacó a un pequeño pez espinoso, recubierto de púas!

El espinoso se movía a trompicones en torno al bote, pinchando y rasgando, hasta que se quedó sin aliento y volvió a sumergirse.

Otros pececitos, que nadaban en grupo, sacaron las cabezas del agua y se rieron a carcajadas de Jeremías Pescador.

Y mientras Jeremías se sentaba desconsoladamente en el borde del bote —chupándose los arañazos de los dedos y escrutando el agua con la mirada— sucedió una cosa *mucho peor;* ¡algo que habría sido realmente *pavoroso* si él no hubiera llevado puesto el impermeable!

Una trucha gigante salió del agua provocando un gran chapoteo —flop, flap— y atrapó a Jeremías con un chasquido.—¡Ay!, ¡ay!, ¡ay!— y luego se dio vuelta ¡y se sumergió hasta el fondo del estanque!

Pero a la trucha le supo tan mal el impermeable, que en menos de medio minuto escupió el bocado, y lo único que se tragó fueron las sobrebotas del Sr. Pescador.

Jeremías salió disparado a la superficie del agua, como si fuera un corcho e igual a las burbujas que salen de una botella de gaseosa; y nado con todas sus fuerzas hasta el borde del estanque.

Se abalanzó sobre la primera orilla que le salió al encuentro y se dirigió a saltos hacia su casa a través de la húmeda pradera con el impermeable hecho jirones.

—¡Suerte que no era un lucio! —dijo Jeremías Pescador—. He perdido la vara de pescar y la cesta, pero eso no tiene la mayor importancia, ¡porque estoy seguro de que nunca me atreveré a volver a ir de pesca!

Se puso algunas curitas en los dedos y sus dos amigos vinieron a cenar. Él no pudo ofrecerles pescado, pero tenía alguna otra cosa en su despensa.

El caballero Isaac Newton traía puesto su chaleco negro y dorado, y el concejal Ptolomeo Tortuga trajo una ensalada en su bolsa de malla.

Y en lugar de un delicioso plato de foxinos, tuvieron un saltamontes asado con salsa de mariquitas, algo que las ranas consideran un convite estupendo; ¡pero que a *mí* me parece repugnante!

EL CUENTO DE

BENJAMÍN CONEJO

PARA LOS NIÑOS DE SAWREY ✳ DEL VIEJO SR. CONEJO

UNA MAÑANA estaba un conejito sentado en un montículo. Aguzó las orejas y escuchó el trote de un caballo.

Por el camino venía un quitrín conducido por Don Gregorio, acompañado de su mujer, que iba sentada junto a él y quien llevaba puesto su mejor sombrero.

Tan pronto como pasaron, el conejito Benjamín se deslizó hasta el camino y se puso —con saltos, brincos y cabriolas— a llamar a todos sus parientes que vivían en el bosque al fondo de la huerta de Don Gregorio

Ese bosque estaba lleno de madrigueras de conejos, y en la más limpia y arenosa de todos vivía la tía de Benjamín y sus primitos: Pelusa, Pitusa, Colita de Algodón y Pedrito.

La Sra. Coneja era viuda y se ganaba la vida tejiendo mitones y manguitos de lana de conejo (una vez compré un par en un bazar). También vendía hierbas y té de romero y tabaco de conejo (que es a lo que nosotros le llamamos lavanda).

Benjamín no tenía mucho interés en encontrarse con su tía.

Se acercó por la parte trasera del abeto y casi le cae encima a su primo Pedrito.

Pedrito estaba sentado y ensimismado. Se le veía de mal aspecto y por todo vestido no tenía más que un pañuelo rojo de algodón.

—Pedrito —dijo el pequeño Benjamín en un susurro— ¿Quién te robó la ropa?

Pedrito contestó:

—El espantapájaros de la huerta de Don Gregorio —y le contó cómo le habían perseguido en la huerta y había perdido sus zapatos y su chaqueta en la huida.

El pequeño Benjamín se sentó al lado de su primo y le aseguró que Don Gregorio había salido en un quitrín junto con su mujer, y al parecer por todo el día, porque ella llevaba puesto su mejor sombrero.

Pedrito le contestó que él creía que iba a llover.

En ese momento, se escuchó la voz de Mamá Coneja dentro de la madriguera que decía:

—¡Colita de Algodón! ¡Colita de Algodón! ¡Ve a buscarme más manzanilla!

Pedrito dijo que pensaba que podría sentirse mejor si salía a dar un paseo.

Se fueron tomados de la mano y se treparon en lo alto de la tapia que queda en el fondo del bosque. Desde allí miraron hacia la huerta de Don Gregorio. La chaqueta y los zapatos de Pedrito podían verse a las claras sobre el espantapájaros, rematado por un boina de Don Gregorio.

El pequeño Benjamín exclamó:

—Escurrirse debajo de una verja arruina la ropa de la gente; la manera apropiada de entrar es deslizándose por el peral.

Pedrito se cayó de cabeza, pero no le pasó nada, ya que el cantero que se encontraba abajo estaba rastrillado y resultó bastante blando.

Lo habían sembrado de lechugas.

Ellos dejaron multitud de huellas
diminutas encima del cantero, especialmente
Benjamín, que llevaba puestos unos zuecos.
Benjamín dijo que lo primero que había que
hacer era recuperar las prendas de
Pedrito, a fin de poder hacer uso del
pañuelo. Fueron pues y se
las quitaron al espantapájaros.
Por haber estado lloviendo durante
la noche, los zapatos estaban llenos
de agua y la chaqueta se había
encogido un poco.

Benjamín intentó ponerse la gorra,
pero era demasiado grande para él.
Luego sugirió que debían llenar el
pañuelo de cebollas, como un modesto
presente para su tía.

Pedrito no parecía contento, se mantenía atento
a todos los ruidos. Benjamín, por el contrario,
se sentía perfectamente en casa y se comió
una hoja de lechuga.

Dijo que estaba acostumbrado a venir
a la huerta con su padre a recoger lechugas
para la cena del domingo.

(El papá del pequeño
Benjamín se llamaba el Sr.
Benjamín Conejo).

Las lechugas en verdad eran de primerísima
calidad.

Pedrito no comió nada; dijo que le gustaría regresar a casa y, al poco
rato, dejó caer la mitad de las cebollas.

El pequeño Benjamín dijo que no era posible regresar por el peral con
una carga de hortalizas y se abrió paso audazmente hacia el otro extremo
de la huerta. Se fueron a lo largo de un sendero de tablones que se extendía
al pie de una tapia soleada de ladrillos rojos.

Los ratones, que estaban sentados a la entrada de su casa royendo semillas
de cereza, les hicieron un guiño de complicidad a Pedrito y a Benjamín.

En ese momento, a Pedrito se le zafó nuevamente el pañuelo.

Andaban entre tiestos de flores, armazones y cubos. ¡Pedrito percibía que los ruidos se hacían cada vez más intensos y llevaba los ojos abiertos como platos!

Marchaba uno o dos pasos delante de su primo cuando se detuvo de repente.

¡Esto es lo que los conejitos vieron al doblar esa esquina!

El pequeño Benjamín echó un vistazo y luego, en un santiamén, se escondió con Pedrito y las cebollas dentro de una gran cesta…

La gata se levantó, se desperezó y se acercó a olisquear la cesta.

¡Tal vez le gustaba el olor de las cebollas!

El caso es que se echó sobre la cesta.

Y allí se estuvo echada *cinco horas*.

No puedo describirles la situación de Pedrito y Benjamín metidos en la cesta, porque estaba muy oscuro y el olor a cebolla era tan intenso que los dos conejitos no hacían más que llorar.

El sol se ponía detrás del bosque y empezaba a caer la tarde, pero la gata seguía echada en la cesta.

Al fin se oyeron
unos pacitos —tip,
tap, tip tap— y unos
trocitos de argamasa
se desprendieron
de la tapia.

La gata alzó la vista y vio
al Sr. Benjamín Conejo que se paseaba por el borde de
la tapia. Fumaba una pipa de tabaco de conejo y llevaba
en la mano una pequeña fusta. Andaba en busca de su hijo.

El Sr. Benjamín Conejo no le daba la menor importancia a
los gatos.

Dio un tremendo salto desde lo alto de la tapia para ir a caer
encima de la gata, a la que espantó de la cesta y, de un puntapié, la
lanzó al invernadero, arrancándole, de paso, un puñado de pelos.

La gata se quedó tan sorprendida que no acertó a arañarlo.

Después de haber metido la gata en el invernadero, el Sr. Conejo le
pasó el cerrojo a la puerta.

Luego regresó a la cesta y sacó a su hijo Benjamín por las orejas y le dio una azotaina con la fusta que llevaba en la mano.

Después sacó a su sobrino Pedrito.

Y por último sacó el pañuelo con las cebollas y se fue muy orondo de la huerta.

Cuando Don Gregorio regresó, una media hora después, se percató de varias cosas que lo dejaron perplejo.

Parecía que alguien había estado caminando por toda la huerta con un par de zuecos —¡sólo que las huellas eran demasiado pequeñas!

Tampoco podía entender cómo la gata se las había arreglado para encerrarse *dentro* del invernadero echando la llave desde *afuera*.

Cuando Pedrito llegó a casa su madre lo perdonó, porque se sentía muy feliz de ver que él había encontrado los zapatos y la chaqueta. Colita de Algodón y Pedrito doblaron el pañuelo mientras Mamá Coneja hacía una ristra con las cebollas y las colgaba del techo de la cocina, junto con los manojos de hierbas y de tabaco de conejo.

LOS DOS MALVADOS RATONES

PARA W.M.L.W. ⁕ LA NIÑITA QUE TENÍA LA CASA DE MUÑECAS

HABÍA UNA VEZ una bellísima casa de muñecas. Era de ladrillos rojos con ventanas blancas y tenía cortinas de auténtica muselina y una puerta principal y una chimenea.

Pertenecía a dos muñecas llamadas Lucinda y Juanita; al menos pertenecía a Lucinda, pero ella nunca pedía de comer.

Juanita era la cocinera, pero ella nunca cocinaba, porque la comida la compraban ya hecha, en una caja llena de virutas de madera.

Había dos langostas rojas y un jamón, un pescado, un pudín y algunas peras y naranjas.

Estas comidas no salían de los platos, pero eran muy bonitas.

Una mañana, Lucinda y Juanita se fueron a pasear en el cochecito de las muñecas. No había nadie en el cuarto de los niños y todo estaba muy tranquilo. En verdad se oían unos ruidos y arañazos en un rincón cercano a la chimenea, donde había un agujero debajo del rodapié.

Pulgarcito asomó la cabeza por un momento y luego se escondió de nuevo.

Pulgarcito era un ratón.

Un minuto después, Hunca Munca, su esposa, también sacaba la cabeza y, al ver que no había nadie en el cuarto de los niños, se aventuró a pararse sobre el hule que está debajo del depósito de carbón.

La casa de muñecas se hallaba al otro lado de la chimenea. Pulgarcito y Hunca Munca atravesaron cautelosamente la alfombra que se encontraba al frente y empujaron la puerta principal —no estaba cerrada.

Pulgarcito y Hunca Munca subieron las escaleras y se asomaron al comedor. ¡Entonces lanzaron un chillido de júbilo!

¡Sobre la mesa se encontraba servida una cena estupenda!

Había cucharitas de latón y cuchillos y tenedores de plomo y dos sillas de muñecas —¡todo TAN conveniente!

Pulgarcito se dio de inmediato a la tarea de trinchar el jamón. Era un hermoso y reluciente jamón amarillo moteado de rojo.

El cuchillo se dobló hacia arriba y lo hirió, haciéndole llevar un dedo a la boca.

—No está lo bastante cocido, está duro. Inténtalo tú, Hunca Munca.

Hunca Munca se levantó de su silla e intentó cortar el jamón con otro cuchillo de plomo.

—Es tan duro como los jamones de la tienda del quesero —dijo Hunca Munca. El jamón saltó del plato de un tirón y fue a dar, rodando, debajo de la mesa.

—Olvídalo —dijo Pulgarcito—, ¡dame algo de pescado, Hunca Munca!

Hunca Munca probó inútilmente con todas las cucharas de latón: el pescado estaba pegado al plato.

Entonces Pulgarcito perdió la compostura. Puso el jamón en medio del piso, y le entró a golpes con las tenazas y la pala de la chimenea: ¡ban, ban, trach trach!

El jamón se hizo trizas, ¡porque debajo de la reluciente pintura no estaba hecho más que de yeso!

Entonces el desencanto y la furia de Pulgarcito y Hunca Munca no tuvieron límites. Rompieron el pudín, las langostas, las peras y las naranjas.

Como el pescado no salía del plato, lo pusieron en el fuego de papel rojo corrugado que había en la cocina, pero que tampoco ardía.

Pulgarcito subió hasta la chimenea del fogón y miró hacia arriba: no había hollín.

Mientras Pulgarcito estaba en la chimenea, Hunca Munca tuvo

otra desilusión. Encontró algunas latas diminutas sobre el mostrador, con etiquetas que decían "Arroz", "Café", "Fécula", pero, al volcarlas, dentro no había otra cosa que cuentas de colores, rojas y azules.

Entonces esos ratones se dedicaron a hacer todas las travesuras que podían: ¡especialmente Pulgarcito! Sacó la ropa de Juanita de una de las cómodas de su cuarto y las lanzó por la ventana del piso de arriba.

Pero Hunca Munca tenía una mente práctica. Luego de sacar la mitad de las plumas de la almohada de Lucinda, se acordó que ella necesitaba una cama de plumas.

Con ayuda de Pulgarcito, se llevó la almohada escaleras abajo y a través de la alfombra de la chimenea. Era difícil meter la almohada en

la cueva de los ratones, pero ellos lo lograron de algún modo.

Luego Hunca Munca regresó y trajo una silla, un librero, una jaula de pájaros y varios cachivaches. El librero y la jaula no pudieron entrarlos en la cueva.

Hunca Munca los dejó detrás del depósito de carbón, y fue por una cuna.

Hunca Munca acababa de regresar con otro silla, cuando de repente hubo un ruido de voces en el rellano. Los ratones huyeron de regreso a su cueva y las muñecas entraron en la habitación de los niños.

¡A qué espectáculo se enfrentaron los ojos de Lucinda y Juanita!

Lucinda se sentó sobre el fogón de la revuelta cocina y se quedó mirando fijamente, y Juanita se inclinó contra el mostrador de la cocina y sonrió, pero ninguna de las dos dijo nada.

Al librero y la jaula de pájaros los recobraron detrás del depósito de carbón, pero Hunca Munca se había llevado la cuna y algunas de las ropas de Lucinda.

También se había llevado algunas ollas y sartenes útiles y varias otras cosas.

La niñita a la que pertenecía la casa de muñecas dijo:

—¡Vestiré a una de las muñecas de policía!

Pero la nana le respondió: ¡Pondremos una ratonera!

Así es la historia de los dos malvados ratones. Pero ellos no fueron tan malos después de todo, porque Pulgarcito pagó por todo lo que habían roto.

Él se encontró una moneda torcida debajo de la alfombra de la chimenea y, el

día de Nochebuena, él y Hunca Munca la metieron en una de las medias de Lucinda y Juanita.

Y todas las mañanas muy temprano —antes que nadie se despertara— ¡Hunca Munca venía con su escoba y su recogedor para barrer la casa de muñecas!

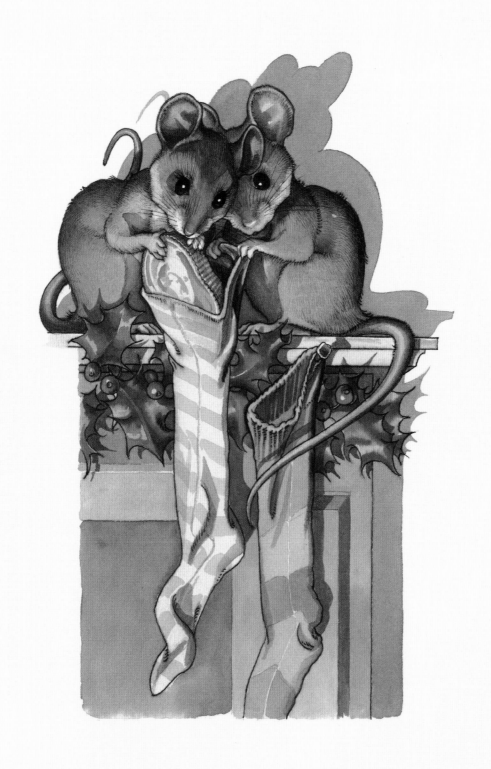

EL CUENTO DE

LOS CONEJITOS PELUSA

PARA TODOS LOS AMIGUITOS DE DON GREGORIO, PEDRITO Y BENJAMÍN

Se dice que el efecto de comer lechuga en demasía es "soporífero".

Yo nunca me he sentido somnolienta después de comer lechugas, pero tampoco soy conejo.

¡En verdad, las lechugas tenían un intenso efecto soporífero sobre los Conejitos Pelusa!

Cuando el conejito Benjamín creció, se casó con su prima Pelusa y tuvieron una larga familia, que era muy alegre y poco previsora.

No me acuerdo de los nombres particulares de sus hijos, porque solían llamarles "los Conejitos Pelusa".

Como no siempre había suficiente comida, Benjamín solía pedirle coles en préstamo a Pedrito Conejo, que tenía un vivero.

A veces, a Pedrito no le sobraban coles.

Cuando esto sucedía, los Pelusa atravesaban el campo hasta una loma de basura que se encontraba en una zanja junto a la huerta de Don Gregorio.

La loma de basura de Don Gregorio era una mezcla de cosas. Había frascos vacíos de mermelada y bolsas de papel, y montañas de hierba cortada por la máquina podadora (que siempre tenía un sabor aceitoso) y algunos tuétanos de verduras podridos y una o dos botas viejas. Un día —¡qué alegría!— había una enorme cantidad de lechugas rollizas, a las que incluso le habían salido "brotes".

Los Conejitos Pelusa simplemente se hartaron de lechugas.
Gradualmente, uno tras otro, empezaron a sentirse vencidos por el sueño y
se echaron a dormir sobre el césped
podado.

Benjamín no se sintió tan somnoliento como sus
hijos. Antes de echarse a dormir, estaba lo bastante
despierto para cubrirse la cabeza con una bolsa de papel
a fin de mantener alejadas las moscas.
Los Conejitos Pelusa
dormían divinamente en el
tibio sol. Desde el césped

que quedaba más allá de la huerta llegaba el ruido peculiar de la podadora. Los moscardones zumbaban en torno a la tapia y una vieja ratoncita recogía desperdicios entre los frascos de mermelada.

(No puedo decirles su nombre, la llamaban Tomasina y era una ratoncita rabilarga que vivía en el bosque).

Ella hizo crujir la bolsa de papel y despertó a Benjamín Conejo.

La ratoncita se excusó prolijamente y dijo que conocía a Pedrito Conejo.

Mientras ella y Benjamín conversaban, casi a la sombra de la tapia, oyeron una fuertes pisadas por encima de sus cabezas y, de repente, ¡Don Gregorio vació un saco de hierba cortada justamente sobre los Conejitos Pelusa que dormían!

Los conejitos sonrieron dulcemente en su sueño al recibir la lluvia de hierba, y no se despertaron porque las lechugas habían resultado muy soporíferas.

Soñaban que su madre Pelusa los arropaba en un lecho de heno.

Don Gregorio miró hacia abajo después de vaciar el saco y vio las puntas de unas raras orejitas marrones que se asomaban a través de la hierba cortada. Se quedó observándolas por un buen rato.

De inmediato, una mosca se posó en una de ellas y ésta se movió.

Don Gregorio bajó hasta la loma de basura:

—Uno, dos tres, ¡cuatro!, ¡cinco!, ¡seis conejitos! —iba diciendo mientras los echaba en el saco. Los Pelusa soñaban que su madre los estaba cambiando de postura en la cama. Se movieron un poco en su sueño, pero no llegaron a despertarse.

Don Gregorio amarró la boca del saco y la dejó junto a la tapia. Luego se fue a guardar la podadera.

Mientras estaba ausente, Mamá Pelusa (que se había quedado en casa) se apareció en el sitio.

Se fijó con recelo en el saco y se preguntó dónde estaba su gente.

Entonces la ratita salió del frasco de mermelada y Benjamín se quitó la bolsa de papel de la cabeza y contaron un lúgubre relato.

Benjamín y Pelusa estaban desesperados, porque no podían desamarrar el saco.

Pero Tomasina era persona habilidosa y, a mordiscos, abrió un agujero en una esquina del fondo del saco, por donde sacaron a los conejitos y los pellizcaron para despertarlos.

Sus padres rellenaron el saco vacío con tres tuétanos de verduras podridos, un viejo cepillo de zapatos y dos nabos descompuestos.

Luego se escondieron debajo de un arbusto a la espera de Don Gregorio.

Don Gregorio regresó, tomó el saco y cargó con él. Lo llevaba casi a ras del suelo, como si le pesara mucho.

Los Conejitos Pelusa lo siguieron a prudente distancia hasta que lo vieron entrar en su casa.

Y luego se subieron a la ventana para escuchar.

Don Gregorio lanzó el saco sobre el piso de piedra de un modo que habría lastimado seriamente a los conejitos de haber estado adentro.

Lo oyeron arrastrar su silla sobre las losas, y reírse por lo bajo:

—¡Uno, dos, tres, cuatro, cinco, seis conejitos!, decía Don Gregorio.

—Eh. ¿Qué pasa? ¿Qué daño han estado haciendo ahora? —indagó su mujer.

—¡Uno, dos, tres, cuatro, cinco, seis gordos conejitos! —repitió Don Gregorio contando con los dedos—. Uno, dos, tres…

—No seas tonto, ¿qué quieres decir, viejo estúpido?

—¡En el saco! ¡Uno, dos, tres, cuatro, cinco, seis! —replicó Don Gregorio.

(El más pequeño de los Pelusa se subió al alféizar de la ventana).

La Sra. Gregorio levantó el sacó y lo palpó. Dijo que ella podía percibir que contenía seis cosas, pero que debían ser conejos *viejos*, porque todos eran muy duros y de tamaños diferentes.

—No sirven para comer; pero las pieles me vendrán bien para forrar mi vieja capa.

—¿Forrar tu capa? —le gritó Don Gregorio—. ¡Los venderé para comprar tabaco!

—¡Tabaco! De eso nada. Los desollaré y les cortaré la cabeza.

La Sra. Gregorio desató el saco y le metió la mano.

Cuando palpó las verduras se puso muy furiosa. Dijo que Don Gregorio "lo había hecho adrede".

Y Don Gregorio se enojó mucho también. Una de las verduras podridas salió volando por la ventana de la cocina y alcanzó al más pequeño de los Conejitos Pelusa.

Fue un golpe serio.

Entonces Benjamín y Pelusa creyeron que era el momento de irse a casa.

Así que Don Gregorio no consiguió el tabaco y su mujer se quedó sin las pieles de conejo.

Pero la próxima Navidad, la ratoncita Tomasina recibió de regalo suficiente lana de conejo para hacerse una capa y un gorro y un hermoso manguito y un par de abrigados mitones.

Harris County Public Library
Houston, Texas